La petite fille de la forêt

Juliette Mellon est née en 1966 à Bourg-la-Reine. Elle a suivi des études de Lettres et a commencé à écrire pour les enfants lorsqu'elle a eu les siens… Elle vit aujourd'hui à Châteaudun, où elle enseigne le français au collège. Même si elle aime autant ses deux métiers, Juliette dit quand même qu'il est plus amusant de raconter des histoires que de faire faire des dictées !

Du même auteur dans Bayard Poche :
Le mensonge de Gaétan - Zéphir l'esclave (Mes premiers J'aime lire)

Julie Faulques est née en 1979 et a passé son enfance sur l'île d'Oléron. Après avoir étudié à l'École supérieure des arts décoratifs de Strasbourg (où elle vit toujours), elle est devenue illustratrice de contes, d'albums et de documentaires pour les enfants. Ses livres sont parus aux éditions Nathan, Lito, Milan, Magnard et Hatier.

Dépôt légal : septembre 2010
ISBN : 978-2-7470-3381-7
Loi 49-956 du 16 juillet 1949 sur les publications destinées à la jeunesse.

La petite fille de la forêt

Une histoire écrite par Juliette Mellon
illustrée par Julie Faulques

mes premiers j'aime lire
bayard poche

Chapitre 1

Le hibou

Dans la forêt profonde, un soir de désespoir*, une méchante femme sort de sa maison. Devant sa porte, il y a un panier. La méchante femme regarde dans le panier et elle dit :

– Tiens, tiens, quelqu'un m'a apporté un bébé… C'est une petite fille ! Voilà qui va m'être bien utile. Toute petite fille, je vais t'élever et te nourrir. Et, à l'avenir, tu m'appartiendras.

Et *clac*, elle lui met un lourd collier autour du cou.

* Désespoir : c'est une grande tristesse, quand on pense que rien ne peut s'arranger.

Chez la méchante femme, la toute petite fille grandit. Elle apprend à marcher et à parler.

Un matin, la femme lui dit :

– Toute petite fille, tu n'es plus si petite que ça. Le froid est là, va donc chercher du bois.

C'est l'hiver. Dehors, il fait encore nuit. La petite fille a si peur qu'elle ne bouge pas.

Alors, la femme entre dans une colère plus noire que la nuit. Elle hurle :

– Petite fille, si tu ne vas pas chercher du bois, je te jetterai dehors ! Et que deviendras-tu sans moi ?

Puis, soudain, la méchante femme se radoucit et murmure :

– Petite fille, si tu vas chercher du bois, bientôt j'enlèverai le lourd collier de ton cou.

Enlever son collier… La petite fille en rêve déjà. Tout doucement, elle ouvre la porte et met le nez dehors.

Là-bas, près du tas de bois, la petite fille aperçoit les yeux du hibou qui brillent dans la nuit. Le hibou l'appelle :

– Hou, hou ! Rassure-toi…

Et la petite fille y va. Elle remplit son panier de bois. Puis elle rentre à la maison.

La petite fille prépare le feu. La femme est contente, la petite fille a bien obéi. La méchante femme ne voit pas que la petite fille a laissé sa peur dehors, près du hibou. Non, ça, la méchante femme ne le voit pas.

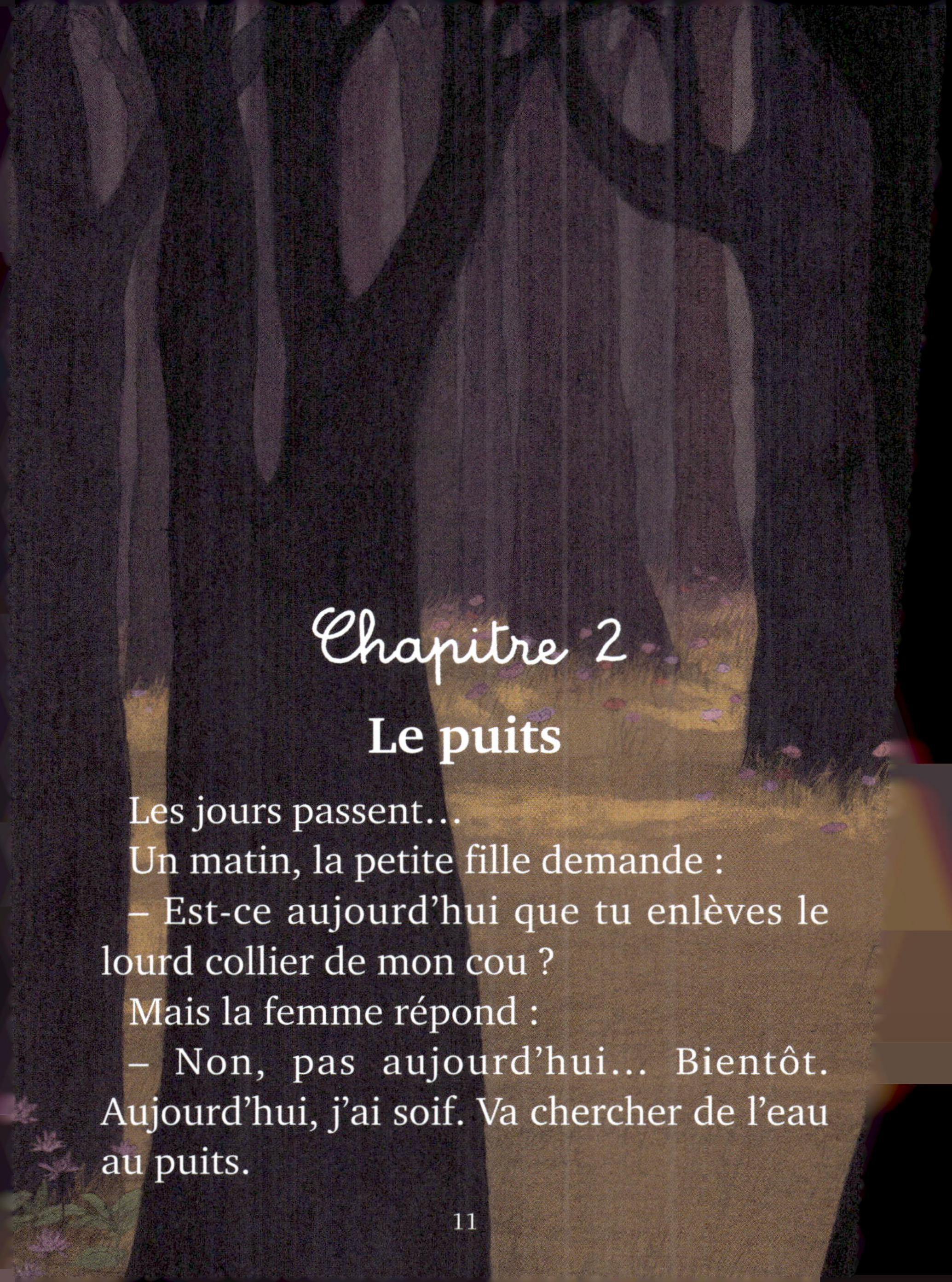

Chapitre 2

Le puits

Les jours passent…

Un matin, la petite fille demande :

– Est-ce aujourd'hui que tu enlèves le lourd collier de mon cou ?

Mais la femme répond :

– Non, pas aujourd'hui… Bientôt. Aujourd'hui, j'ai soif. Va chercher de l'eau au puits.

Le puits est profond, le seau est lourd. La petite fille se sent si seule qu'elle ne bouge pas.

Alors, la méchante femme entre dans une fureur plus profonde que le puits.

Elle hurle :

– Petite fille, si tu ne vas pas puiser* l'eau, je te jetterai dehors ! Et que deviendras-tu sans moi ?

* Puiser : tirer d'un puits.

Puis, soudain, la méchante femme se radoucit et murmure :

– Petite fille, si tu vas puiser l'eau, bientôt j'enlèverai le lourd collier de ton cou.

Alors, tout doucement, la petite fille ouvre la porte et met le nez dehors.

Elle entend l'eau du puits qui l'appelle. Et elle y va.

Lentement, elle tourne la roue du puits.
La chaîne chante pour elle :

– Cri… cri… je suis ton amie, cri… cri… je suis ton amie.

Et la petite fille sourit.

Elle rapporte l'eau. Elle sert à boire à la femme. La femme est contente, la petite fille a bien obéi. La méchante femme ne voit pas que la petite fille a laissé sa solitude dehors au fond du puits. Non, ça, la méchante femme ne le voit pas.

Chapitre 3

Le vent

Les jours passent…

Un matin, la petite fille demande :

– Est-ce aujourd'hui que tu enlèves le lourd collier de mon cou ?

Mais la femme répond :

– Non, pas aujourd'hui… Bientôt. Aujourd'hui, le vent souffle, va étendre les draps.

Les draps sont mouillés et glacés.

La petite fille se sent si triste qu'elle ne bouge pas. Alors, la femme entre dans une fureur plus glaçante que les draps mouillés et glacés.

Elle hurle :

– Petite fille, si tu ne vas pas étendre le linge, je te jetterai dehors ! Et que deviendras-tu sans moi ?

Puis, soudain, la méchante femme se radoucit et murmure :

– Petite fille, si tu vas étendre le linge, bientôt j'enlèverai le lourd collier de ton cou.

Alors, tout doucement, la petite fille ouvre la porte et met le nez dehors. Elle entend le vent qui l'appelle. Et elle y va.

Le vent fait claquer les draps. Soudain, une taie* d'oreiller s'envole comme un cerf-volant. La petite fille court derrière. La taie se pose et s'envole à nouveau. La petite fille joue avec la taie et le vent. Tout essoufflée, elle rit.

* Taie : c'est un tissu qui enveloppe un oreiller.

Quand, enfin, elle rentre à la maison, le linge est bien accroché. La femme ne voit pas que la petite fille a laissé sa tristesse s'envoler dans le vent. Non, ça, la méchante femme ne le voit pas.

Chapitre 4

Le collier

Un matin, la petite fille se sent forte. Alors, doucement, elle enlève le lourd collier de son cou et elle dit à la femme :

– Je suis grande et c'est aujourd'hui que je m'en vais.

D'abord, la méchante femme ne voit rien et elle ne comprend pas. Elle dit :

– Tu partiras demain, quand tu auras ramassé le bois.

Mais, quand la méchante femme s'aperçoit que la petite fille a enlevé le lourd collier de son cou, elle entre dans une fureur terrible.

Elle tape du pied et elle hurle :

– Tu n'as pas le droit de partir, tu es à moi !

Mais la petite fille qui est devenue grande, ça ne lui fait rien d'entendre hurler la méchante femme. Elle a laissé sa peur près du tas de bois.

Alors, la femme menace :

– Si tu pars, tu seras toute seule… Tant pis pour toi !

Mais la petite fille qui est devenue grande, ça ne lui fait rien, elle a laissé sa solitude au fond du puits.

Désespérée, la méchante femme pleure :

– Que vais-je devenir sans toi ? J'ai besoin de toi.

Mais la petite fille qui est devenue grande, ça ne lui fait rien, elle a laissé sa tristesse dans le vent.

À la fin, la petite fille qui est devenue grande dit :

– Méchante femme, ne t'en fais pas. Il te reste le hibou, le puits et le vent !

Et la grande fille s'en va.

bayard

mes premiers j'aime lire

Des romans pour les lecteurs débutants

Édition

Réfléchir et comprendre la vie de tous les jours

Rire et sourire avec des personnages insolites

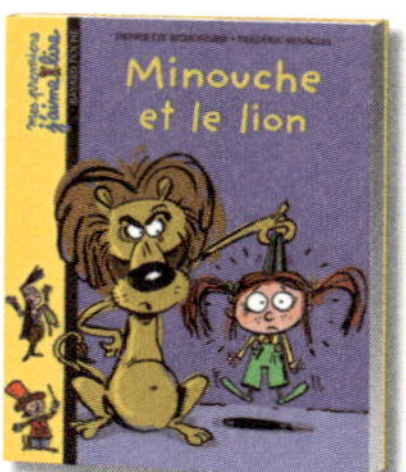

Se faire peur et frissonner de plaisir

Rêver et voyager dans des univers fabuleux

Se lancer dans des aventures pleines de rebondissements

Presse

Mes premiers J'aime lire, un magazine **spécialement conçu pour accompagner les enfants du CP et du CE1** dans leur apprentissage de la lecture.

Un rendez-vous mensuel avec **plusieurs formes et niveaux de lecture :**

- une histoire courte
- un vrai petit roman illustré inédit
- des jeux et la BD Martin Matin

Avec un **CD audio** pour faciliter l'entrée dans l'écrit.

Chaque mois, les **progrès de lecture de l'enfant sont valorisés**, du déchiffrage d'une consigne de jeux à la fierté de lire son premier roman tout seul.

Réalisé en collaboration avec des orthophonistes et des enseignants.

le roman

Résumé Damien se dit qu'il va pouvoir amener son chat, si l'école accepte les animaux. Mais la sonnerie du réveil interrompt son rêve. Ce matin, c'est le vrai jour de rentrée…

Chapitre 3

Drôle de surprise…

Je me suis levé, lavé, habillé. J'ai pris mon petit-déjeuner. Mahou ne me quittait pas d'une semelle*. De temps en temps, il demandait :

– Mahououou ?

Je lui répondais :

– Je sais, mon vieux ! Moi aussi, j'aimerais bien t'emmener ! Mais les animaux ne vont pas en classe, sauf dans les rêves…

Et je suis parti à l'école.

* Zoé t'explique cette expression page 64.

32 33

Pour en savoir plus : www.mespremiersjaimelire.com

bayard **J'AIME LIRE** Des premiers romans à dévorer tout seul !

Édition

Réfléchir et comprendre la vie de tous les jours

Rire et sourire avec des personnages insolites

Se faire peur et frissonner de plaisir

Rêver et voyager dans des univers fabuleux

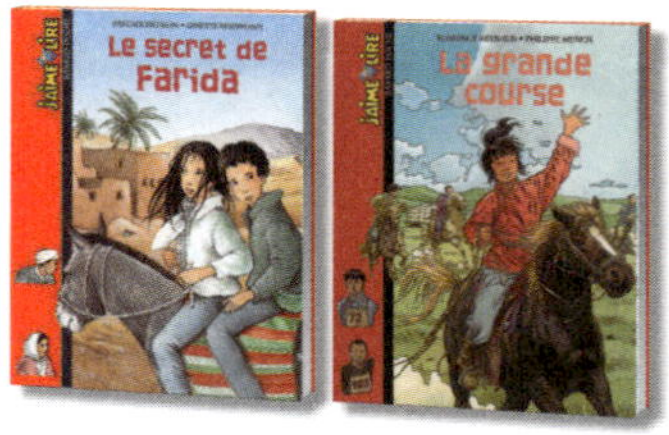

Se lancer dans des aventures pleines de rebondissements

Tes histoires préférées enfin racontées !

J'écoute J'AIME LIRE

Presse

7-10 ANS

Le magazine *J'aime lire* accompagne les enfants dans des **grands moments de lecture**

Une année de *J'aime lire*, c'est :

- 12 romans de genres toujours différents : vie quotidienne, merveilleux, énigme...

- **Des romans créés pour des enfants d'aujourd'hui** par les meilleurs auteurs et illustrateurs jeunesse.

- Un confort de lecture très étudié pour faciliter l'entrée dans l'écrit : place de l'illustration, longueur du roman, structuration par chapitres, typographie adaptée aux jeunes lecteurs.

Chaque mois : un roman illustré inédit, 16 pages de BD, et des jeux pour découvrir le plaisir de jouer avec les mots.

Chapitre 1

Maître du monde

J'ai toujours aimé la magie. Et si j'avais été magicien, j'aurais commandé : « Abracadabra ! Faites que lundi, il n'y ait pas de rentrée des classes ! »

Cette rentrée, je ne la sentais pas bien du tout.

6 7

Pour en savoir plus : www.jaimelire.com

Achevé d'imprimer en mai 2010 par Pollina S. A.
85400 LUÇON - Numéro d'impression : L53468c
Imprimé en France